AF315158

NOIR ET ROUGE

LES GENS DE BEAUMONT

A M. Félix PYAT

Salut et bon sens.

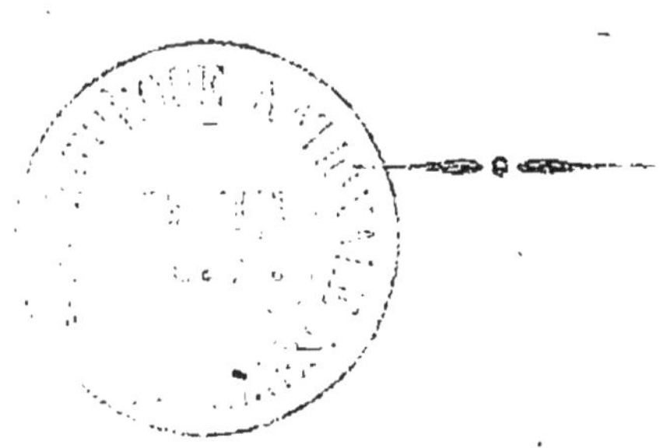

PARIS

IMPRIMERIE D'E. DUVERGER

RUE DE VERNEUIL, N° 4.

1849

NOIR ET ROUGE

LES GENS DE BEAUMONT A M. FÉLIX PYAT

Salut et bon sens.

Citoyen Félix Pyat, nous avons lu votre discours aux paysans de la France. Nous sommes paysans et Français, et pourtant ce discours ne nous va guère. Causons; expliquons-nous démocratiquement, socialement, et s'il se peut raisonnablement.

Une remarque préliminaire. Votre discours est orné de votre portrait. Vous êtes gentil, barbu, moustachu, l'air crâne, mais vous n'avez pas la mine d'un paysan. Qui êtes-vous? Vous nous recommandez de nous défier de nos amis vêtus de noir et qui n'en sont pas moins blancs. Tous les noirs ne sont pas blancs. Il y en a de rouges. Nous nous défions un peu de vous, qui êtes vêtu de noir et qui dites du mal de votre habit.

A quel titre parlez-vous aux paysans? Vous n'êtes ni cultivateur, ni négociant, ni magistrat, ni ouvrier, ni prêtre, et votre moustache n'a point poussé en Afrique. Que faites-vous? On dit que vous écrivez. Mais quoi? Rien pour nous, gens de peine et de labeurs, rien qui nous console, rien qui nous instruise, rien qui nous serve à rien. Vous composez des fariboles que des farceurs récitent sur un théâtre devant des gens de la ville. En d'autres termes, vous êtes un amuseur du peuple.

Amuseurs du peuple, amuseurs des rois, même espèce : flatteurs !

Votre roi, à vous, c'est le parterre ; quelques milliers d'individus dont chacun a dans le cœur autant d'orgueil, et dans la tête autant de folies que peuvent en contenir la tête et le cœur d'un roi. Vous leur plaisez comme on plaît aux rois, quand ils sont méchants, en flattant leurs passions, leurs erreurs, leurs vices. Vous leur dites qu'ils sont seuls sages, seuls bons, seuls généreux, seuls justes, qu'ils n'ont qu'à parler pour être obéis, qu'ils sont le peuple souverain.

Ils le croient, vous le croyez, et par Dieu ! nous pourrions aussi le croire. Le peuple de Paris, votre maître, n'est-il pas en effet votre roi ? N'a-t-il pas toute l'insolence et tous les caprices d'un despote ? N'est-ce pas lui qui, sans consulter la France, lui donne et lui ôte des gouvernements, lui envoie des pachas, bouleverse tout, met partout la terreur et la ruine? Nous travaillons pour acquitter nos charges et nourrir nos enfants. L'ouvrage est dur, le profit mince, mais enfin nous avons la paix, la moisson s'annonce bien, nous ne demandons que la santé et le temps proprice. Moi, dit Pierre, je défricherai ma lande; moi, dit Jean, je relèverai mon mur; moi, dit Jacques, je marierai mon garçon qui va revenir du régiment, et j'entrerai dans le repos de mes vieux jours. Un autre se propose ceci, et un autre cela. Le conseil municipal propose d'achever un chemin; M. le curé a parole du château pour bâtir une école de filles. Nous nous réveillons un matin : plus de projets! Tout est dans la douleur et dans l'épouvante. Une grêle? une inondation? une peste? la guerre? Non! Le peuple de Paris, *ce grand artiste en révolutions,* a exercé son talent. Il a mis pour nous gouverner des individus dont nous ne connaissons pas même les noms. Ah! nous apprendrons à les connaître. Ledru-Rollin, Louis Blanc, Caussidière et autres, nous ferons connaissance avec vous à nos dépens! Tous les jours, nouvelles transes, nouvelles humiliations, nouvelles misères; les affaires cessent, le travail tombe, chacun se resserre; les denrées ne se vendent pas, aucun débiteur ne paie; voici les émeutes dans toutes les villes, les mendiants et les vagabonds dans toutes les campagnes; voici les commissaires et les émissaires, les mauvaises gens qui lèvent la tête et montrent le poing; voici, par-dessus le marché, les quarante-cinq centimes. Payons pour nourrir le peuple de Paris qui se repose dans les ateliers nationaux. Pierre, au lieu de défricher sa lande, cherche à vendre son pré.

Adieu l'école de filles : M. le curé est chassé de la paroisse par une bande de chenapans aidés du citoyen banqueroutier et émissaire; le château est menacé de pillage; Jean ne relèvera pas son mur; Jacques ne reverra pas son garçon : son garçon a été tué dans la rue, l'arme au bras, par dix citoyens cachés derrière une barricade. Console-toi, vieux Jacques, épuise le reste de tes forces et vends une paire de draps pour payer les quarante-cinq centimes. Ton fils est mort, mais il n'a pas besoin de linceul, et ceux qui l'ont tué ont bien mérité de la patrie. Nous leur ferons des rentes.

Est-ce tout? Le peuple-roi est-il enfin content? Non! Ce *grand artiste*, enivré des applaudissements de ses flatteurs, continue ses aimables jeux. Il nous commande de faire des députés et nous enjoint de ne lui envoyer que des républicains de la veille. Nous lui obéissons de notre mieux ; nous cherchons partout ces précieux républicains de la veille ; nous les prenons partout ; nous vidons les journaux, les estaminets, les prisons : tout y passe. Avez-vous conspiré dans les sociétés secrètes ? Avez-vous fait le coup de fusil dans les émeutes et tiré sur nos enfants fidèles au drapeau ? Avez-vous écrit des articles ou des livres que la justice du pays ait condamnés ? C'est bien ; vous êtes représentants du peuple. Vous ferez la paix, la guerre, les lois ; vous ferez tout ce que vous voudrez, et vous toucherez vingt-cinq francs par jour. Où est-il ce républicain de la veille, connu ou inconnu, qui n'a pas éprouvé la complaisance des électeurs ? Tout s'est effacé devant eux. Il y a eu majorité pour vous, citoyen Pyat, auteur de trois mélodrames ; il n'y en a pas eu pour le maréchal

Bugeaud qui a gagné dix batailles et conquis l'Algérie.

Eh bien ! le peuple de Paris n'a pas été content ; il a fait le 15 mai et, après le 15 mai, le 25 juin, où tant de vieux généraux, où tant de pauvres soldats, braves enfants de nos campagnes, sont morts, grand Dieu, de quelle mort ! Vaincu, intimidé, mais non pas devenu raisonnable, ce peuple révolutionnaire s'agite encore, trouble encore la France, demande encore des révolutions ; il fermente dans ses clubs que vous ne voulez pas fermer ; il y rêve plus de destructions monstrueuses qu'il n'a pu en accomplir. De ces antres s'échappent des paroles terribles qui roulent par tout le pays et par toute l'Europe comme les échos d'un tocsin sonné dans l'enfer : *Plus de Dieu ! plus d'autorité ! plus de famille ! à bas les riches ! à bas les prêtres ! vive la guillotine !* O peuple-roi, ces cris et ces vœux de ton délire résument la politique de tous les tyrans qui ont affligé la terre ! Nous avons entendu parler de Néron, de Tibère, de Caligula : ces monstres ne voyaient qu'eux dans le monde, ne voulaient aucun frein à leur pouvoir et à leurs jouissances, ne respectaient aucune foi, aucune loi, aucun droit, brisaient toutes les volontés, pillaient toutes les fortunes, abattaient toutes les têtes ; et ils avaient comme toi, autour d'eux, des flatteurs, des écrivains, des représentants du peuple qui leur disaient comme à toi : Vous êtes l'image de Dieu, et tout ce que vous faites est bien ; exterminez qui vous résiste.

Citoyen Pyat, à notre avis, cent mille Néron ne valent pas mieux qu'un seul ; leur tyrannie collective n'en est pas moins une tyrannie ; leurs folies et leurs crimes n'en sont pas moins des crimes ; et quiconque flatte les aberrations de cette populace, de ce tyran en guenilles, n'est que le flatteur du vice abruti. Voilà notre sentiment sur la fonction sociale des rouges habillés de noir. Ils peuvent être estimés dans les guinguettes où nous voyons qu'ils prêchent après boire ; mais dans nos campagnes, on est sobre, on aime le travail, on a du bon sens et du cœur : les flatteurs ne sont pas notre fait.

Vous voulez nous enjoler comme vos Parisiens. Vous nous appelez *canaille, manants*, et autres petits termes aimables que vous échangez là-bas entre amis. Ça ne prend pas, mon cher ; canaille et nous, ça fait deux. *Sainte canaille*, si fêtée à Paris, n'est pas une sainte de notre religion. Nous ne voulons pas nous associer aux hommages que vous lui rendez et encore moins les recevoir. Nous appelons *canaille*

les voleurs, les banqueroutiers, les pares-
seux, les adultères, les menteurs, les
gourmands, les flagorneurs, et tout ce
qui vit sans vertu du bien, du travail ou
du vice d'autrui. Ces garnements, comme
il y en a tant sur le pavé et sur le haut du
pavé, qui insultent tout, depuis le bon
Dieu dans le ciel jusqu'au pacifique mar-
chand dans sa boutique, ces perturba-
teurs de la paix et de la morale, qui écri-
vent à Paris contre la religion, contre la
famille et la propriété, cherchant à nous
la faire haïr ; ces bandits qui se promè-
nent dans nos petites villes en criant
vive la guillotine ! ces misérables de toute
clique, qui veulent faire fortune par les
révolutions, la voilà la canaille ! Rengaî-
nez votre compliment.

Mais il ne vous suffit pas de nous appe-
ler canaille et manants, vous nous dites
tout ce que l'on pourrait dire pour la flatter

à la vraie et pire canaille. Excepté nous, que vous prétendez estimer, vous ne voyez point de braves gens en France. D'après vous, il faut porter une blouse grise ou bleue pour être honnête homme et avoir de l'esprit : tout le reste vous paraît traître, ou lâche, ou imbécile, à commencer par le neveu de l'Empereur. Commencez, au contraire, par respecter celui-là ; nous l'avons élu, sachant bien ce que nous faisions, pour qu'il nous rende la paix, et il nous l'a rendue malgré vos amis, ce qui n'était pas si lâche ni si bête. Vous dites qu'il ne nous faut pas la République des Rateau, des Barrot, des Bugeaud ; appreneznous ce que nous trouverions de meilleur et de plus illustre dans la République des Pyat, des Cholat, des Roujat, *et cœtera.* Nous connaissons Bugeaud : plus de balles ont sifflé autour de sa vieille tête que vos amis n'ont poussé d'ignobles clameurs

quand vous l'insultiez. C'est un des nôtres, un soldat et un paysan : il a cin-
quante ans de services ; cela vaut bien
votre barbe et même la barbe de Barbès.
Il était sergent à Austerlitz, et on l'em-
portait blessé du champ de bataille ; il
avait versé son sang pour la France avant
que vous ne fussiez né. Savez-vous que
dans les montagnes de la Savoie, à la tête
d'une petite troupe héroïque, il consolait
par une dernière victoire le drapeau tricolore tombé à Waterloo ? Vous tétiez
votre nourrice en ce temps-là. Plus tard,
de nos jours, le drapeau tricolore, porté
par Bugeaud aux frontières du Maroc,
s'y teignit d'un glorieux reflet d'Hélio-
polis, pendant qu'à grand renfort de cla-
queurs vous triomphiez sur les planches
de la Porte-Saint-Martin. Ah ! vous mé-
prisez Bugeaud ! pourtant nous avons ouï
dire que les Piémontais, craignant d'être

battus, nous demandaient Bugeaud pour les commander. Qui nous a demandé Félix Pyat? Quel peuple nous l'envie? Nommez-nous celui de vos triomphes, ô Pyat! qui a fait battre de joie trente-cinq millions de cœurs français, et fait flotter plus fièrement le drapeau tricolore partout où se déroulent ses nobles plis sans cesse agrandis par la victoire!... Mais le drapeau tricolore n'est pas le vôtre, vous le répudiez; vous suivez le drapeau rouge, le drapeau de l'émeute qui n'est teint que du sang français, qui ne peut avoir pour piédestal que la barricade et l'échafaud.

Où nous conduirez-vous sous ce drapeau des fratricides? Tout en nous recommandant de nous défier des riches, des nobles, des noirs, des blancs, des Bonaparte, des Bugeaud, vous nous parlez de fraternité. Il dépend de nous, dites-vous, d'avoir la *vraie République?* Nous n'avons donc eu et voulu avoir jusqu'ici que la fausse République, malgré tant de républicains de la veille sortis de nos scrutins? Mais qu'est-ce que la vraie République? C'est, dit le citoyen Félix Pyat, la *démocratique et sociale*, où *nos femmes apprendront à nos enfants les mots si doux de liberté, égalité, fraternité*. Bien! nous comprenons. Et pour mettre nos femmes à même d'apprendre à nos enfants ces *mots si doux*, que faut-il faire? Nous devons aux prochaines élections nommer exclusivement nos vrais amis, comme qui dirait Ledru, Raspail, Proudhon et la suite, tout l'état-major du drapeau rouge. Nous comprenons de mieux en mieux. Et quand ils seront nommés? Oh! alors, foi de Pyat, *ils extermineront à jamais la royauté, la misère et l'ignorance*. — Tope! j'en suis, dit Jérôme Couturier; mais comment s'y prendra-t-on pour exterminer ces choses-là ?— Eh ! dit Louis Fabre, on exterminera ceux qui seront suspects d'y tenir. — Ah ! ah ! dit François Lamarre, et qui sera suspect de tenir à tout cela? — Parbleu, dit Guillaume Tonnellier, quiconque aura mine de n'être pas content quand ces messieurs seront les maîtres; quiconque trouvera qu'on fait trop la guerre ou qu'on met trop d'impôts. Tu te vexes d'ajouter un franc aux quarante-cinq centimes que tu as déjà payés : tu es un royaliste. Tu veux garder ton bien pour toi et tes enfants au lieu de le donner aux socialistes de Paris : tu es un partisan de la misère. Tu ne veux pas proclamer que Dieu est le mal, ta propriété un vol, ton mariage une prostitution : tu es un ami de l'ignorance. On t'extermine, toi et ceux qui pensent comme toi. — Diantre! reprend Couturier, voilà bien du monde à détruire. — Non, continue Jérôme, écoute le citoyen Pyat : « *Paysans, ouvriers, la République est dans vos mains; vous êtes les plus nombreux, vous êtes 24 millions sur 35, vous êtes les plus forts.* » Calcule : qui de 35 ôte 24, reste 11. Ainsi, ça ne fait jamais que onze millions d'individus à exterminer ou à dépouiller fraternellement.

Là-dessus, chacun de rire et de dire la sienne: « On voit que le citoyen Pyat vient de diner. — Il est fou. — Il a été mordu ! »

Oui, mordu, mes compères, c'est le mot ! Mordu d'orgueil, d'ambition, d'envie et de haine. Et comme il a été mordu, il veut nous mordre. Écoutez encore comment cet apôtre de la fraternité nous parle de tous ceux qui ne sont pas paysans comme nous, ou clubistes comme ceux qui l'entourent, ou flatteurs de la populace des villes comme lui. « Quant

aux seigneurs et maîtres, ils sont les in-
utiles fardeaux de la terre, ils l'ont as-
servie et non servie, ils l'oppriment
quand ils l'habitent, ils en jouissent en
temps de loisir, ils l'abandonnent à
l'heure du danger; que dis-je? ils en
montrent le chemin à l'étranger : ils l'ont
trahie, vendue... » Vous voyez qu'il s'a-
git tout de bon de piller et d'exterminer,
car les gens dont on parle ainsi ne méri-
tent-ils pas, dans l'opinion de ceux qui
les dénoncent, d'être ruinés et mis à
mort?

Voilà ce que c'est qu'un rouge habillé
de noir, si vous ne le savez pas. Voilà
comment ces flatteurs doivent parler aux
gens des barricades pour obtenir leurs
applaudissements. Voilà ce qu'ils osent
nous dire à nous honnêtes campagnards,
pour nous décider à leur donner le pouvoir.

Car nous leur donnerions le pouvoir et nous ne l'aurions pas. Nous ne quitterons pas nos maisons et nos champs pour aller à Paris faire marcher la machine. Ils seront là-bas, démolissant tout, gâchant tout, se dévorant entre eux, déclarant la guerre au monde entier, — et nous, nous fournirons l'argent et les hommes, trop heureux si nous n'en venons pas à gagner, nous aussi, le vertige révolutionnaire et à nous entre-déchirer nous-mêmes, jusqu'à ce qu'enfin l'Anglais et le Cosaque reparaissent dans nos pays abîmés.

Prenons garde, prenons bien garde aux rouges! Ils crient : Vive Robespierre! vive Marat! vive la Convention! Nos pères ont vu ces hommes et ces temps que l'on veut faire revivre. Aucun genre de malheur ne fut épargné à la France : les persécutions, les tueries, les assignats, et toujours à la bouche des tueurs et des pillards les mots si doux de liberté, égalité, fraternité! Mais c'était, comme dans la chanson :

> La liberté de ne rien faire,
> L'égalité dans la misère,
> La fraternité de Caïn.

Les paysans étaient libertifiés, égalifiés, fraternifiés tout comme les autres. Si la République rouge est proclamée, Paris ne sera plus trop loin et nous ne serons plus trop petits pour échapper à la danse. Nous savons tous ici qui sera maître dans la commune. Gare à ceux que ce citoyen-là n'aime pas!.

Pour nous entraîner sur cette pente où nous nous casserons le cou, nos amis noirs qui sont rouges nous proposent de dépouiller ceux qu'ils appellent nos *éter-*

nels ennemis ; de leur prendre, sous un prétexte ou sous l'autre, un milliard par-ci, un milliard par-là, et de faire de la sorte une répartition plus juste de la richesse ; c'est-à-dire qu'on nous propose tout bonnement une œuvre de brigandage.

Eh bien ! supposons que nous sommes assez bêtes et assez scélérats pour faire un pareil coup ; supposons que nous pourrons nous entendre ; supposons que ceux qui possèdent se laisseront dépouiller ; supposons que les répartiteurs de Paris feront une répartition équitable, et que les plus gros lots ne leur resteront pas aux doigts ; supposons enfin que tout ce que nous aurons volé revienne, non à nous qui avons déjà quelque chose, mais à ceux qui n'ont rien ; supposons tout cela. Que trouvons-nous ici à prendre ? Le château. C'est une belle maison. Qui l'aura? Personne. Celui qui l'aurait serait le seigneur, et M. Pyat ne veut plus de seigneur. On démolit donc le château et on se partage les pierres. On arrache le parc, on laboure le jardin, on y sème des pommes de terre et des choux. Nous voilà tous voleurs et tous à notre aise, à l'exception de l'ancien propriétaire que nous envoyons mourir sur les routes ou dans les prisons, pour que sa présence n'éveille pas nos remords. Il n'y a plus de château; ça fait bien des petites ressources de moins pour les ouvriers, pour les malades, pour tout le monde. « Bah! dit M. Pyat, tout le monde pourra se suffire; personne n'aura plus besoin de rien. » Vous le croyez? Nous vous disons, nous, qu'en rien de temps, et sans même avoir besoin de la misère générale qui paralyserait tout immédiatement, les plus ardents au pillage et les mieux pourvus auront joué, vendu, bu et mangé leurs rapines. *Bien mal acquis ne profite jamais*. Ils redeviendront pauvres, plus pauvres qu'ils n'étaient, et plus socialistes aussi. Ils redemanderont encore leur part des biens de la terre ; ils nous diront encore que nos propriétés sont un vol.

Pour le coup, ils n'auront pas tout à fait tort. Que leur répondrons-nous ? Des coups de fusil ? Ils en auront à nous rendre.

Faisons encore une supposition. Supposons, contre l'expérience, que ce bien mal acquis nous profite et nous reste ; nous n'en aurons pas moins violé la loi de Dieu : *Le bien d'autrui tu ne prendras*. Nous cesserons donc d'enseigner à nos enfants cette loi qui nous condamnerait à rougir devant eux. Nos femmes pourront bien leur apprendre les *mots si doux* de liberté, égalité, fraternité ; mais ce qui est sûr, c'est que nous n'oserons pas leur parler de Dieu et leur dire : *Père et mère honoreras*. Pourquoi respecteraient-ils ce commandement plus que nous n'aurons respecté l'autre ? Ils croiront ce qu'ils voudront, ils respecteront ce qui leur plaira, et ils nous nourriront dans nos vieux jours des restes de leur table.... si toutefois ils ne trouvent pas plus avantageux de les donner aux pourceaux.

Ah ! citoyen Pyat, nous nous rendons compte à présent de ce qui nous paraissait inconcevable ; nous comprenons pourquoi vos amis parlent tant d'anéantir la famille et la religion : il le faut pour abolir la propriété. Ces choses-là en effet s'entre-soutiennent : pour en abattre une, on doit les abattre toutes. Ceux qui renoncent Dieu font plus aisément le mal ; ils reprennent sans remords le bien d'autrui. Ceux qui font le mal renoncent Dieu plus facilement : ils ont besoin de l'oublier pour étouffer leur conscience. Dieu oublié, la conscience étouffée, on ne respecte plus rien, ni les cheveux blancs d'un père, ni la vieille et fidèle tendresse d'une épouse, ni l'avenir d'un enfant, ni les anciens services d'un supérieur et d'un ami. L'homme est libre alors, libre comme l'animal féroce dans la profondeur des bois ; il ne craint rien.... rien, que la rencontre d'un animal aussi féroce et plus fort que lui.

C'est ici que votre système social et fraternel, citoyen Pyat, n'est plus du tout séduisant, même pour ceux qu'il aurait enrichis. Quand nous serons tous des bêtes féroces, ne craignant point Dieu, ne respectant rien, n'ayant plus de famille à protéger et, par conséquent, plus de famille pour nous défendre, ne songeant

chacun qu'à notre plaisir et, par conséquent, ne songeant qu'à faire le mal
d'autrui, comment nous arrangerons-
nous, non pour vivre en paix, mais sim-
plement pour vivre?

Dans chacun de nos villages, où les
gendarmes à présent ne passent jamais,
il faudra une caserne de gendarmes dès
que le curé n'y sera plus.

Et que feront-ils vos gendarmes? Ils
viendront nous enseigner, le sabre à la
main, les codes que vous avez faits pour
remplacer le catéchisme, après l'avoir
proscrit; ils viendront rétablir par la
force la religion, la famille et la propriété, sans lesquelles nulle société
n'est possible. Or, s'il faut rétablir un
jour la société, la religion, la famille
et la propriété, nous trouvons que le
plus simple serait de ne pas les abolir.

Restons-en là ; nous rougirions d'en dire davantage, et nous vous avons écrit à cette fin seulement de vous prouver que nous ne sommes pas aussi dépravés ni aussi sots que vous paraissez le croire. Nous savons bien ce que vous voulez ; le fin fond du plan rouge ne nous échappe pas. Vous et vos amis vous voulez un grand bouleversement qui vous mette à la tête des affaires, où vos petits talents dramatiques ne vous feraient jamais arriver. Les clubs n'étant plus assez forts, et le bon sens du grand et vrai peuple de France vous ayant totalement aplatis le 10 décembre, vous cherchez à mettre les paysans de votre parti. Dans ce but, vous flattez bassement les mauvaises passions que vous leur supposez. Encore une fois, ces passions-là ne sont pas les nôtres ; ce sont celles de la populace paresseuse, orgueilleuse, débauchée et affolée qui hurle autour de vous, et que vous enflammez d'envie et de convoitise par des discours qui nous font horreur. Nous n'avons rien de commun avec ces émeutiers : la plupart d'entre eux vivent en concubinage, nous sommes mariés ; ils mettent leurs enfants à la charge de la charité publique, nous élevons les nôtres ; ils n'ont point de religion, nous croyons en Jésus-Christ et son Église ; ils ne demandent qu'à jouir sur cette terre, nous savons que nous y sommes pour travailler et même pour souffrir ; la mort est pour eux la fin de tout, elle est pour nous le jour du jugement et le commencement de la vie éternelle, où toute bonne action sera récompensée et toute mauvaise action punie. Vos gens donc ne nous ressemblent point, et le langage qui les séduit n'est pas celui qui peut trouver le chemin de nos cœurs. La République qu'ils veulent n'est pas

celle que nous voulons. Il leur faut du dés-
ordre, du bruit, des bouleversements ; il
nous faut du travail, de la paix et de la
durée. Moins on nous trouble, plus nous
nous sentons libres, plus nous nous trouvons égaux, plus nous sommes frères. La
Révolution a déjà produit parmi nous bien
des divisions que l'on n'y connaissait pas.
De nouveaux changements nous ren-
draient ennemis, et à force de discuter
sur la fraternité, nous finirions par nous
donner des coups. Tout ce qu'il y a dans
nos cantons de coureurs, de mangeurs,
de jaloux, de mauvais payeurs se range
à votre avis. Ils se prétendent meilleurs
républicains que nous ; ils murmurent
entre eux qu'ils sauront bien nous faire
passer sous le niveau, nous étriller, nous
râcler, nous raccourcir, car nous sommes
déjà trop grands. Que feraient-ils de pis,
les Cosaques?

Mais, comme vous dites, la République est entre nos mains, grâce à Dieu. Nous veillerons à ce qu'elle n'en sorte pas pour glisser dans les vôtres. Nous choisirons avec soin nos représentants; nous ne prendrons pas les loups pour les bergers, l'ivraie pour le froment, les flatteurs pour les amis, les socialistes, les terroristes et les anachistes pour les républicains. Nous prendrons des honnêtes gens, sensés, qui tiennent à quelque chose, qui soient connus de nous par leur droiture, ou de la France entière par leurs talents et leurs services. Nous leur dirons : « Tenez la patrie sur un bon pied dans le monde, mais ménagez le sang et l'argent; détrônez l'émeute et faites régner les lois. Arrangez-vous pour que l'impôt diminue, pour que la conscription ne soit plus si lourde, pour que l'agriculture prospère, pour que chacun, riche ou pauvre, soit libre et respecté ; mais surtout faites en sorte que nous puissions désormais nommer nos mandataires sans sortir de chez nous. Réduction des impôts, abolition graduelle de la conscription , vote à la commune , voilà notre République. Qu'elle repose tranquille à l'abri de nos haies , elle y sera plus en sûreté que derrière les barricades. Rouge ou Cosaque, qui voudra l'attaquer, nous avons à son service des bâtons, des fourches, des faux , pas mal de vieux fusils remis à neuf, et jusqu'aux quenouilles de nos femmes. »

C'est ainsi que nous parlerons à nos représentants, et c'est tout ce que nous avions à vous dire, citoyen Pyat, nous soussignés, qui ne sommes pas encore las du bon Dieu, ni de nos femmes, ni de nos enfants, ni de nos petits biens, ni de nos grands devoirs.

Fait à Beaumont, le dimanche de Quasimodo, l'an de grâce 1849.

Jérôme COUTURIER, Louis FABRE, Guillaume TONNELLIER, François LAMARRE, Jean-Marie LOISEAU, Claude BUISSON, Sébastien TAILLANDIER, Sylvain LAVIGNE, Pierre DUPRÉ, Nicolas LABOUREUR, Paul MERCIER, Gaspard FROMENT, Barnabé MEUNIER, Jacques ADAM, ses fils, ses petits-fils et vingt autres ne sachant signer.

9 782014 068047